AF252719

GEORGES NICOLAS

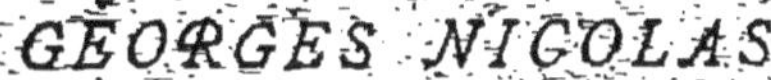

# LA
# FONTAINE DU BU

## (SOUVENIR DE 1849)

### CONTE VRAI

**Prix : 25 centimes**

PARIS

BUREAUX DU RECUEIL " LA MUSETTE "

11, rue Cadet, 11

1884

*GEORGES NICOLAS*

# LA
# FONTAINE DU BU

## (SOUVENIR DE 1849)

### CONTE VRAI

PARIS

AUX BUREAUX DU RECUEIL " LA MUSETTE "

**11, rue Cadet, 11**

1884

LA

# FONTAINE DU BU

Ceux-là me croiront sans peine,
Brun ou blond, rousse ou châtaine,
Qui, dans leur bel âge, ont bu
   De l'eau de la Fontaine
      Du Bû !


Pour goûter ma petite histoire,
Il faut reporter vos esprits
Au temps où, moins chargé de gloire,
Montmartre n'était pas Paris.

Montmartre, alors commune étroite
Tirant l'œil par ses sept Moulins,
Avait des trésors à sa droite :
De grands Bois, de lilas tout pleins !


Même il avait une Carrière,
Où j'allais — turbulent moutard
Ivre d'école buissonnière —
Voir vernir les ballons Godard.


Il avait surtout une Mare,
Aux bords veufs d'iris et d'ajoncs,
Où mes pareils en tintamarre
Plongeaient comme de vrais goujons.


Il avait un aspect champêtre
Dont tous les yeux s'ébaudissaient ;
Et les moutons y venaient paître,
Et les chevreaux y bondissaient.

Il avait enfin des merveilles :
Des rosiers qu'épargnait l'autan,
Des pommiers, des pruniers, des treilles…
— Mais où sont les treilles d'antan ?


Tout ça, pour mon âme d'artiste,
N'est plus qu'un souvenir, hélas !
Car Montmartre positiviste
N'a plus ni moulins ni lilas…


Il n'a plus rien des beautés crânes
Qu'on prête au nid de ses amours,
Et s'il possède encor des ânes,
C'est… que nous l'habitons toujours !


Mais arrivons à ma Fontaine.
On en voit la trace, au versant
Des Buttes, à deux pas à peine
Du Cimetière Saint-Vincent.

Fontaine ! ai-je dit ? Pure image.
Non, source, et source aux fraîches eaux,
Rivalisant pour le ramage
Avec le babil des oiseaux !


C'est là qu'âmes dès l'aube ouvertes,
Marmots toujours prompts à brailler,
Tout en croquant nos prunes vertes,
Nous allions nous débarbouiller…


Mal : le gazon la couvrait toute,
Et, comme retenue au nid,
L'eau ne tombait que goutte à goutte
Dans une vasque de granit.


Moins que rien, la goutte d'eau fraîche
Qu'on rencontre un jour de soleil
Rend vibrante une lèvre sèche,
Un front pâli, le fait vermeil.

Or, en ce temps-là, ma famille
Était encor — presque — au complet :
Grands-parents, gendre, fils et fille…
Toute la maison se peuplait.


Famille pauvre, mais auguste,
Que la mort seule déchira…
De ses membres le plus robuste,
Mon grand-père, eut le Choléra.


Nulle erreur : son corps athlétique,
Tordu par le mal, bleuissait ;
L'affreux virus asiatique
Comme un cancer l'envahissait.


Le docteur mandé par sa femme,
L'ayant vu, dit d'un air bigot :
« A Dieu recommandez son âme!… »
Et l'abandonna. — Le nigaud !

Si grand'mère, la chère aïeule

Dont l'esprit était si pieux,

Au logis avait été seule,

Certe, elle eût prié de son mieux !


Par bonheur, chez nous, dès l'enfance,

Aux secours du ciel on croit peu ;

On a plus foi dans la puissance

D'un médicament... qu'au bon Dieu.


Mon grand-père, âme sans pareille,

Fier trotteur pour l'heure fourbu,

Dit : « Qu'on me cherche une bouteille

D'eau de la Fontaine du Bû ! »


On courut, non sans léger doute,

Avec des vases, lourd fardeau,

Et l'on faisait vingt fois la route

Pour avoir quelques litres d'eau !

Qui remplit la tâche peu gaie ?
Ma mère, — et l'on a dû la voir,
Parfois, s'asseoir, bien fatiguée,
Sur les bornes de l'Abreuvoir !


Elle ne faisait, de la sorte,
Qu'aller et venir... quel tableau !
Dès qu'elle franchissait la porte,
Le vieillard implorait : « De l'eau ! »


On la lui versait dans la bouche,
De son souffle entravant l'essor,
Et, dès qu'on s'arrêtait, farouche,
Le patient criait : « Encor ! »


Chaque instant retardait la chute ;
L'eau n'aidait qu'à la reculer...
— Qu'elle était mâle, cette lutte
D'une âme prête à s'envoler !...

Je ne sais plus combien de veilles
A son chevet triste on passa,
Combien on puisa de bouteilles
Ni combien il en épuisa...


Mais je me souviens du sourire
Qu'il eut lorsqu'il s'est relevé,
Et de l'accent dont il sut dire :
« Eh bien, enfants ! suis-je sauvé ? »


Quand, longtemps après, c'est notoire,
On recourut au médecin,
Ce « bigot » ne voulait pas croire
Qu'il fût debout et qu'il fût sain !


Il reprit sa mine fleurie,
Et, plus tard, se rafraîchissait
A la Source, — aujourd'hui tarie...
La retrouverait-on : qui sait ?

La chose vaut qu'on la signale,
Hein ! songez donc : si c'était vrai
Qu'il existe une eau sans égale
A vingt pas du Moulin Debray ?


Tel conte, j'en ai l'espérance,
Pouvait au moins se publier
A l'heure où loin du ciel de France
Succombait le vaillant Thuillier.


Ceux-là me croiront sans peine,
Brun ou blond, rousse ou châtaine,
Qui, dans leur bel âge, ont bu
De l'eau de la Fontaine
Du Bû